ブックデザイン　佐藤正明

春

春一番メドゥサのごと女来る

割箸のきれいに割れて二月かな

出刃に飛ぶ大き鱗《うろくず》ぼたん雪

春立つや逃げぐせの猫けふ逃げず

扁額の傾げる宮や梅ふふむ

梅を見るだけの一日の了《おわ》りけり

春浅し嘶《いなな》き馬《ま》塞《せ》の彼方より

針祭仕立て下しの和服着て
赤き糸結び少女の針供養

馬魂碑に佇める人はだら雪

真空のごとき無心や梅真白

白梅や銅葺いまだ朱き宮

甘からぬ処世ぞバレンタインの日

瞑《めつむ》れるはぐれ雀や兼好忌

天塩《あまじお》を効かすむすびや大石忌

貝寄風《かいよせ》や一言居士でありし父

高鳴ける枝の神鶏二月尽

快活な応《いら》へ奥より草青む

三月や返してほしきものに骨

「フクシマ」と福島称《よ》ばる雪の果

料峭《りょうしょう》や木曾の川曲《かわわ》のもやひ舟

春寒や五角に折つて薬包紙

母の忌は子の誕生日三月来《く》

二人引く一人は独り冴返る
三月の筧の水の行きどころ

霾《つちふる》や羊羹うんと厚切に

鶯餅雨やはらかに降りはじむ

冴返る梵鐘に乳《ち》の一つ欠け

サドルなき放置自転車冴返る

じゃんけんのぱあ小さかり雛あられ

夕雲のやがてむらさき立子の忌

啓蟄や体感あらぬほどの地震《ない》

花菜雨パレットに溶く黄の絵の具

半月は竹林の奥春浅し

一角は墓所なり畑を打つ

佐保姫《さおひめ》の降臨なるや風一陣

木曾川や互《かたみ》に寄らぬ春の鴨

のんのんとはずむ板橋つくしんぼ

対岸の春へと木曾の渡し舟

潜《かず》きては浮きては蝌《か》蚪《と》の大頭《おおつむり》

亀鳴くや糸底ざらと飯茶碗

その昔《かみ》の袖もぎ坂や蝶の昼

工場のラジオ体操鳥ぐもり

ゆるゆると流るる運河初燕

腕時計の電池交換鳥雲に

春陰や机上にいまだ出さぬ文

リンゴンとチャペルの鐘や樺の花

美濃和紙の大皺《おおしぼ》小皺《こしぼ》夕永し

檸檬忌《れもんき》やB定食のオムライス

猫の毛の膝にのこれる日永かな

水分《みくまり》の神の吐息や遠霞

鎧《よろ》へるは脆さの証し木瓜の花

恋猫のきず舐めてをり鳴いてをり

太鼓橋鳩が渡れり三鬼の忌

目借時《めかりどき》老眼鏡をまた捜す

「鶏眼」と書きて魚の目四月馬鹿

ひなぎくや笑まふ少女の片ゑくぼ

デージーやふぐりゆたかに陶狸

窯出でて陶狸も遊べ春の月

花見酒好天をほめ菜《さい》をほめ

清《せい》明《めい》や東塔に雲ほぐれつつ

首かしげ脈をとる医師花ぐもり

墓を購《か》ふ談《はなし》なぞして花筵《はなむしろ》

花の雲巨き入日ををさめたる

遠く来てわれも迷ひ子夕桜

重箱も洗はずにをり花疲れ

路地裏は風の迷宮花の塵

たゆたへり水惑星の花筏

花筏連々とまた恋々と

桜蘂《さくらしべ》降る無口なる男の頭《ず》

花ミモザ天使もときに創《きず》を負ふ

つばくらめ喉に日のいろ日を仰ぐ

沈黙はすなはち言葉啄木忌

つばくらや倉庫古りたる運河沿ひ
夕つばめ金色《きん》の水輪を置去りに

鳥媒花たるに風呼び島椿
落椿今生の朱をとどめたる

地の燥《かわ》き風の燥きや葱の花

整列の葱坊主どち昼の月

茎立《くくだち》や雌鶏しきり砂を浴ぶ

葱の花蝶の離《か》れては天降《あも》りては

告天使秘色《ひそく》の空にしき鳴けり

春深しギターの弦のうすき錆

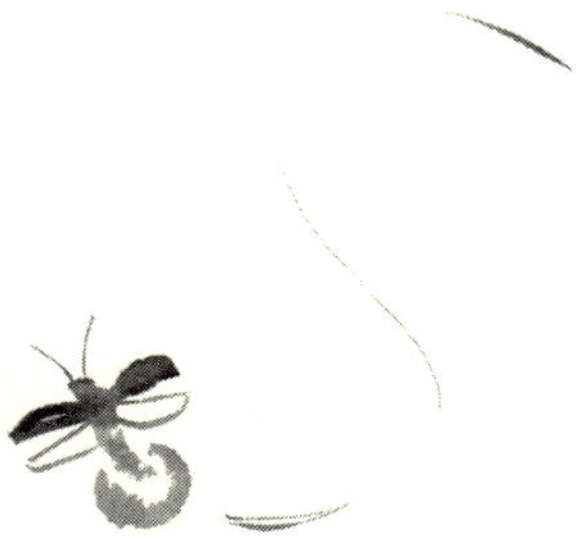

夏

船に蹤《つ》く鷗後るる青嵐

とりどりの夏座布団や古畳

かたばみや梟《けり》の黄の足近づける

桐の花杜氏《とうじ》は村をまだ去らず

跳ぶものに水際にごれり花菖蒲

地球儀に降りてかなぶん旅始む

花みかん旅の一夜の遠汽笛

傘雨《さんう》忌や浅草に鳩わつと翔つ

傘雨忌や庭下駄ぬらす狐雨

黒鯛や伊勢湾は綺羅撒きちらし

青芝や三人《みたり》四人《よたり》の談の輪

本陣は四畳半なり武者人形

水煙は火焔のかたち夏きざす

膕《ひかがみ》にプリーツの影新樹光
青芝や蒙古斑ダダと走りだす

回りゆく女傘あり花うつぎ

ふるさとは風に暮れたり花うばら

蝶たよたよ造酒屋の金銀花

髪うすき床屋うたた寝棕櫚《しゅろ》の花

河骨《こうほね》や昨夜《よべ》の雨なる小濁《ささにごり》

結葉《むすびば》に一禽《いっきん》吸はれ多佳子の忌

えごの花ざあとまた雨ひとしきり

父の忌や丼に盛る豆御飯

魚煮る匂ひの路地の薄暑かな

天水を承《う》けて泰山木の花

しあはせの定義未だし柿若葉

回覧板往きも帰りも薔薇の門

水底にしづみゐるがに梅雨の星

補助輪をはづす自転車日照草

笛吹きて牧羊神《パン》いまに来む青高原

そのかみの水駅《みずうまや》とや海桐《とべら》咲く

時計屋は店たたむてふ街薄暑

優しかる嘘もありけり苔の花

園や午《ひる》ぼろんかづらの鳴りさうな
竹落葉密葬の雨こまやかに

松葉ぼたん母に笑む児の肥り肉《じし》

母系なる耳のかたちや青嵐

蝶二つ木下闇なる奈落へと

蚕豆《そらまめ》や娘もわれもイヴの裔《すえ》

みづうみの白兎の群や青嵐

鷗の餌を売る乗船場若葉寒

シュレッダーの音不機嫌に梅雨入《ついり》かな

六月や塑像のごとく駱駝佇《た》つ

句の欠片四葩《よひら》日ごとに青深し

旱梅雨《ひでりづゆ》稲荷の土鈴コロと鳴る

紫陽花を脇侍《きょうじ》に野路の地蔵尊

五月雨やうすみどりなる天蚕糸《てんさんし》

牛のゐぬ牛舎となりぬ梅雨出水

虫めづる姫となりけり螢の夜

流れゆくいまはの螢光りつつ

白南風《しらはえ》や日に透けゐたる猫の耳

笑ひ皺深き尼僧や花ざくろ

梅雨の葬畳紙《たとう》しなしな折りかへす

花石榴《ざくろ》硬質の雨滴らす

白南風やポフと飛びたるマヨネーズ

親に似ぬ子は鬼子とよ蟻地獄

大南風《おおみなみ》離島は猫をちりばめて

大南風猫吹き溜る船着場

尾張にはあまたの古墳大南風

山羊の瞳《め》の真一文字や夏薊《なつあざみ》

蜘蛛するするする月面着陸こころみる

直黒《ひたぐろ》の旋風《はやて》となりて夏燕

サルビアや少女のうなじ熱を帯ぶ

鳴くといふ鮸《にべ》なる魚や半夏雨《はんげあめ》

白百合の己が花粉にまみれをり

闇溜手花火小さき星を吐く

夕凪の三河に万燈祭《まんどまつり》かな

三伏の眼鏡の著《しる》きくもりかな

呱《こ》呱《こ》の声水中花いま水を得て

腕白の走り抜けたる茅の輪かな

言の葉の尽きせぬ別れ金魚買ふ

猫の子のかそけき寝息楸邨忌《しゅうそんき》

アスリートの訃報や外は風と蟬

サイダーやダッコちやんてふ友ありき

非恋愛気質なるべしラムネ飲む

悪女なれガーベラうすき胸に抱き

干網の鱗の乾《から》ぶ日の盛

太陽神《アポロン》に爪振り上ぐる小蟹かな

生くるとは戦士たること花カンナ

とほりやんせ片蔭多き蔵の町
日に四度時の鐘鳴る片かげり

十一《じゅういち》と答ふを三度訊《き》きかへす
朝ぐもり日光写真のごとき富士

末つ子にして長女なり雲の峰

みんみんや目覚時計鳴るなべに

夜叉五倍子《やしゃぶし》の幹荒々と大暑かな

小兵なる蠅虎《はえとりぐも》を気に掛くる

百日草一日を紅く終へにけり

べんがらに廓《くるわ》の名残カンナ咲く

工房に大小の木偶《でく》やませ来る

輾転《てんてん》の夜や壁の蜘蛛動かざる

睫《まつげ》まで白塗る祭化粧かな

べろべろと鯨ベーコン昼花火

人生訓また始まれり缶ビール

ナイターや魚肉ソーセージもう一本

暮れなづむ縹《はなだ》の空や藍浴衣

夏休み少女の髪の跳ねどほし

揚花火《あげはなび》闇まめやかに深まりぬ

揚花火初手の一発見逃せる

宙見据うままの会話よ揚花火

遠花火耳しひのごと耳すます

箸止むるひとりの膳や遠花火

胸ぬちにしんといふ音遠花火

手花火持ちたし綿飴ねぶりたし

手花火の昭和のままの袋の絵

昼の月在りて海月の漂へる

半跏思惟《はんかしい》なせる老い人木下闇

大鴉《おおがらす》発ちてまた降る油照

喜雨来る木賊《とくさ》のストロー一並び

灰皿の長き吸殻溽暑《じょくしょ》なる
時といふものに濃淡夾竹桃

落蟬の一対の脚をろがめる

山雨しげしとうすみ翅《はね》をひた合はす

乳鉢《にゅうばち》の黄の丸薬や夕爾の忌

夕爾忌や空になりたる薬壜

八月や六日付け紙の吹かれゆく

切岸にふたたびは見ず夏の蝶

秋

オホカミになりさうなほど月見かな

鰻屋の手摺に手沢《しゅたく》秋の雨

死者生者八月の空広ごれる

喰ふといふ前傾姿勢原爆忌

校庭にポプラそよげり休暇明

秋暑しスープに大き脂の輪

朝顔やパジャマにポケット不要なる

郵便はがき

料金受取人払郵便

名古屋中局
承　　認

9014

差出有効期間
2026年9月29日
まで

460-8790

101

名古屋市中区大須
1-16-29

風媒社 行

注文書◉このはがきを小社刊行書のご注文にご利用ください。

書　名	部 数

郵便振替同封でお送りします（1500円以上送料無料）

風媒社 愛読者カード

書　名

本書に対するご感想、今後の出版物についての企画、そのほか

お名前　　　　　　　　　　　　（　　　歳）

ご住所（〒　　　　　　　　）

お求めの書店名

本書を何でお知りになりましたか
①書店で見て　②知人にすすめられて
③書評を見て（紙・誌名　　　　　　　　　　）
④広告を見て（紙・誌名　　　　　　　　　　）
⑤そのほか（　　　　　　　　　　）

＊図書目録の送付希望　□する　□しない
＊このカードを送ったことが　□ある　□ない

掻練《かいねり》と朝顔垂るる真昼かな

秋暑しハングル著き案内板

つくばひに蜂が水飲む残暑かな

朝顔や母の手いつも濡れてをり

風樹《ふうじゅ》の嘆《たん》白朝顔につのりたる

故郷は墓あるばかりいぼむしり

ちちははのとほくてちかき墓参かな

山間の闇ふかぶかと切籠《きりこ》かな

風生《あ》れて曼珠沙華また炎《も》えたたす

有明や秋蟬一声鳴けるのみ

盆踊マイクのテスト始まりぬ

鄙歌《ひなうた》や踊り手のみな魚めく

泡立草ダンボールの基地完成す

朝顔にけさ水銀《みずかね》の珠一つ

岩一つ除けたる窪や涼新た
真水いろ新涼に彩ありとせば

いづくにか小鈴まろべる九月かな

赤馬の殿の堤や草の花

コスモスをこのもかのもに桶狭間

手折るなら夕日もろとも花芒

マネキンの遠眼差しや秋の昼

裾からげ尼僧の手折るすすきかな

秋黴雨《あきついり》遠に雉鳩啼きはじむ

明烏秋のこゑにて鳴きにけり

天心に月在りほかは何もなし

湯気立つる白湯のうまさよ後の月

十三夜尾曲り猫のひたと寄る

土中より蜂のまた発つ鬼城《きじょう》の忌

素の貌《かお》となりてもろこし齧《かぶ》りけり

秋湿りして座布団の飾房

病室のちひさき鏡鳥渡る

穭田《ひつじだ》や窪に吹かるる昨夜の雨

人体は曲線ばかり鳥渡る

とんぼうの眼に万の吾暮れゆける

秋高し海へ列《つら》なる能登瓦

婚の荷の吉祥模様菊日和

秋天は鷗の行くに深すぎる

秋日和能登の棚田は海に対《む》く

街騒の中に風音鬼城の忌

女客ばかりの電車汀女《ていじょ》の忌

秋の日や太宰の愛でし跨線橋

独り居に真昼はさびし秋さうび

光《て》りそむる星のみづいろ賢治の忌

老杉のなせる天蓋村角力《むらずもう》

青蜜柑このごろ遅し子の帰宅

婚の荷の方違へして秋うらら

穴まどひ己が長さをもてあます

燕帰る風の磨ける碧落を

十月やトーストのバタ厚く塗る

舟浮かべ兼六園の松手入

鶏頭やごはと乾ける古雑巾

鳥影の流るる甍《いらか》秋うらら

蟻攀《よ》ぢてはたと迷路よ鶏頭花

草の絮《わた》湯屋の煙突煙《けむ》吐かず

露置くや野面《のづら》も人の言の葉も

白露や飯まだ温き送り膳

山頭火忌やアッホアホアホと鴉鳴く

もつれたるままの縁《えにし》よ萩くくる

人に倦む日や草虱《くさじらみ》そのままに

なにがなし拾うてみたる木の実かな

言へぬこと一つ木の実をもてあそぶ

秋風や掲示は鋲を一つ欠き

図書館に横顔ひとつ秋の暮

この先は限界集落鶲《ひたき》鳴く

テノールの鴉また鳴きうそ寒き

礼《いや》なせば頰をすべる髪そぞろ寒

髪を解く肘の鋭角秋深し

夕星《ゆうずつ》や木守りの柚子の暮れなづむ

若俥夫の饅頭笠や秋しぐれ
身ほとりを去るもの幾つ秋の風

冬

ヴェルレーヌと同行二人落葉踏む

路地裏の細長き空冬はじめ

親の黙《もだ》子の黙庭の青木の実

洗ひたるズックのしづく花八手

門番の越中訛石蕗《つわ》の花

石蕗日和めろめろと海めくれつつ

冬菊や独りの余生あるばかり

高窓の一つ灯れり冬館

板塀の向かうも暮れぬ根深汁

捨案山子きしきしと星あつまれる

枯蟷螂《かれとうろう》ボクサーのごと構へたる

冬菫昭和はいつも歌ありき
雨しづく花柊ををさめたる

冬晴やベンチの端と端に人

鯛焼や猥雑なるを街といふ

水に生れ水を出でずよかいつぶり

日向ぼこ有象無象をうつちやりて

先客は半眼の猫日向ぼこ

笠智衆《りゅうちしゅう》のごと端坐して日向ぼこ

三の酉消防車また遠を駆く

十まりの寄せ墓美濃の時雨かな

凪一日海は真青に石蕗は黄に

街路樹のトルソー並び十二月

街角に馴染みの鴉十二月

冬ぬくし飴色なせる鳩車

常連の揃ひて盛る焚火かな

侘助の物言ひたげな開きやう

小鉤《こはぜ》一つ留むるを忘れ小六月

円空の十二神将冬の鵙《もず》

枯欅はにかみほどの夕焼かな

冬鵙や千二百てふ木つ端仏

ひよめきに風花光り溶けゆける

葱溶けて幹事の談まだつづく

ブルースに合ひさうな雪降り来る

降る雪や堂に褪せたる千羽鶴

愛憎はメビウスの環よ雪しんしん

雪やみぬさびしき星を満天に

雪まろげ郵便夫来て加勢する

荒物屋にあらもの並び深雪晴

屋号にて呼び合う郷や茎の石

ぬか星はぬか星でよし冬銀河

星満天クリスマスローズ面《おも》上げよ

ディケンズの守銭奴とをりクリスマス

クリスマス子猫はふかく眠りたる

樅《もみ》の秀《ほ》にみづ色の星クリスマス

母のなき赤児ふと笑む聖夜かな

あはあはとアラベスク地に冬木立

消火栓に犬つなぎあり年の市

賀状書く誤りたるは親友へ

掌にあるてふ未来寒卵

寒卵《かんたまご》生命線は弧を描き

焼芋屋に悪事なすごと走り寄る

久女忌やノラあふれゐる丸の内

湯気立てて雪下しせる男ぶり

炎上のつづくネットや雪降り来

廃村の庚申塚や冬の鵙

アルバムの四隅丸《まろ》かり室の花

愚痴言へるさみしき唇や冬菫

軋みつつ自転車寒夜を遠ざかる

残照の彼方に伊吹山《いぶき》年暮るる

裾風や雪したがへて雪女郎

有線《ゆうせん》放送の報ずる正午雪囲

有線放送のなつかしき唄雪降りつつ

奥津城《おくつき》に供花傾《かたぶ》けり雪しんしん

独り居や猫間障子の桟の欠

鬼が撒く大須の宵の年の豆

役終へて鬼も輪の中福の豆

氷瀑の鳴動秘むる青さかな

探梅行《たんばいこう》友の背中の暮れかかる

新年

羽子板や暮るるに早き路地の空

大旦《おおあした》空は劫初《ごうしょ》の青さもて

点景は鳩一羽のみ初御空

祝箸新しき名の一つ増ゆ

楪《ゆずりは》の枝を離《か》るるとき耀《かがよ》へる

軒すずめ注連飾なる金扇に

参道は産道に似て初詣

初詣貧乏神と連れ立ちて
百円に家運託せり初詣

初灯魚籃《ぎょらん》観音海に向く

初日記損じたるのち力抜く

瞑《めつむ》りて胎児のごとく初湯かな

初湯殿《はつゆどの》羊水断くもありけるか

不眠症の治る夢にて初寝覚

たあいなきこともまたよし初笑

替鷽の鑿痕《のみあと》粗し霏霏と雪

鷽《うそ》替へて女ばかりのバスに乗る

ありなしの空調の音初点前

初旅や古寺参道に雪ほどろ

初電車いつもの顔にまた会へり

ペン胝《だこ》にはやペンの添ふ五日かな

注釈

春

天塩（一四頁）
江戸時代から守られてきた播州赤穂の自然塩。

大石忌（一四頁）
旧暦二月四日。「忠臣蔵」で知られる播磨国赤穂藩の筆頭家老であった大石良雄＝内蔵助（一六五九〜一七〇三）の忌日。

貝寄風（一五頁）
旧暦二月二十日前後に吹く強い季節風。

料峭（一七頁）
春風が冷たく感じられること。

霾（二〇頁）
黄砂

乳（二一頁）
釣鐘の表面にある疣状の突起。

佐保姫（二五頁）
奈良の佐保山を神格化した女神のこと。春の造化をつかさどる神とされ、秋の竜田姫と対をなす。

蝌蚪（二七頁）　おたまじゃくし

檸檬忌（三一頁）　三月二十四日。作家梶井基次郎（一九〇一～一九三二）の忌日。

水分の神（三二頁）　流水の分配をつかさどる神。俗に子守神ともいう。

清明（三七頁）　二十四節気の一つ。新暦四月五日ごろにあたる。

どち（四六頁）　たち　同類を言う語。

告天使（四八頁）　ヒバリ

秘色（四八頁）　瑠璃色

夏

傘雨忌（五五頁）　万太郎忌。五月六日。小説家・劇作家・俳人であった久保

田万太郎（一八八九〜一九六三）の忌日。傘雨は俳号。

金銀花（六〇頁） スイカズラ。忍冬（にんどう）。花色が白から後に黄に変わるためこの名がある。

河骨（六一頁） スイレン科の水草。沼沢、河川の浅い場所に生える。鮮やかな黄色の花を太い花柄の先端に一つずつ付ける。

結葉（六一頁） 樹木の茂りの盛んなさまの謂。

水駅（六六頁） 水路・船路の宿場。馬に水を飲ませるための街道の宿場。

ぼろんかづら（六八頁） 梵論葛。トケイソウの別称。

天蚕糸（七四頁） 野蚕であるヤママユガの繭からとった糸。

白南風（七六頁） 梅雨の晴れ間や梅雨明け後に吹く南風。

半夏雨（八三頁） 七十二候の一つである半夏（新暦七月二日頃）の日に降る雨。

三伏（八五頁） 陰陽五行説で、夏至後の庚（かのえ）の日を初伏、第四の庚の日を中伏、立秋後の第一の庚の日を末伏といい、それ

らを合わせての呼称。一年で最も暑い頃。

呱呱の声（八五頁）　産声

楸邨忌（八七頁）　七月三日。俳人加藤楸邨（一九〇五〜一九九三）の忌日。中村草田男、石田波郷らと共に人間探求派と呼ばれた。

十一（九二頁）　慈悲心鳥。ホトトギス科の夏鳥。「ジュウイチ」という鳴き声からの命名。

なべに（九三頁）　…に合わせて

やませ（九六頁）　山瀬風。北海道や東北地方で夏に吹く北東よりの冷たい風。長期に及ぶと冷害をもたらすため、凶作風、餓死風と呼ばれて恐れられてきた。

輾転（九六頁）　夜、眠れずに何度も寝返りを打つこと。

縹（九九頁）　はなだ色　薄い藍色

胸ぬち（一〇二頁）　胸のうち

半跏思惟（一〇四頁）　はんかしゆい。片足を他の片方の膝頭に載せて腰掛け、片方で頬杖をついて思索する姿。弥勒菩薩によく見られる形式。

をろがむ（一〇七頁）　拝む

とうすみ（一〇七頁）　糸とんぼ

乳鉢（一〇八頁）　薬品を砕いて粉末にしたり練り合わせるための、主に磁器製の鉢。

夕爾忌（一〇八頁）　八月四日。詩人・俳人であった木下夕爾（一九一四〜一九六五）の忌日。郷里である広島で家業の薬局を営んでいた。

秋

搔練（二一七頁）　練って糊を落とした絹。

風樹の嘆（二一九頁）　親に孝養を尽くそうという時には、親が既に死去していてその意を遂げることができない嘆き。

赤馬の殿（二二五頁）　吉良上野介義央のこと。「忠臣蔵」での悪役イメージとは違い、愛知県西尾市の吉良町では、治水事業等の功績により名君として慕われている。「堤」は、水田地帯の住民を救うべく、義央が私財を投じ一夜にして築堤したといわれる「黄金堤」。

このもかのも（二二六頁）　あちらこちら

後の月（二二九頁）　十三夜

鬼城の忌（一三〇頁）　九月一七日。俳人村上鬼城（一八六五〜一九三八）の忌日。ホトトギスを代表する作家の一人。若くして聴力を失った。

とんばう（一三三頁）　トンボ

汀女の忌（一三六頁）　九月二〇日。俳人中村汀女（一九〇〇〜一九八八）の忌日。星野立子、橋本多佳子、三橋鷹女とともに「四T」と呼ばれる。昭和を代表する女流俳人。

秋さうび（一三七頁）　秋のバラ

賢治の忌（一三八頁）　九月二一日。詩人・童話作家として知られる宮沢賢治（一八九六〜一九三三）の忌日。

方違へ（一三九頁）　陰陽家の用語。天一神（ナカガミ）などのいる方角に出るのを避けて他の方角に泊まり、方向を変えてから目的地へ行くこと。

穴まどひ（穴惑）（一四〇頁）　彼岸を過ぎてもまだ徘徊している蛇。秋の蛇

碧落（へきらく）（一四〇頁）　青空　大空

草虱（くさじらみ）（一四六頁）　藪虱。セリ科の越年草で、実は棘状の毛が密生し、衣服や動物に付着する。

冬

笠智衆（一六四頁）　俳優。一九〇四〜一九九三。小津安二郎監督に見出され「日本のおじいちゃん」と慕われた。

十まり（一六五頁）　十あまり

トルソー（一六六頁）　顔や手足のない、胴体だけの彫像。

小鉤（一六九頁）　たび、きゃはんなどの合わせ目の端に付ける、真鍮などでできた爪形のもの。

ひよめき（一七一頁）　おどりこ。乳児の頭の前頂部の、骨と骨との隙間。

ディケンズの守銭奴（一七六頁）　英国の文豪チャールズ・ディケンズの中編小説『クリスマス・キャロル』に登場する老人スクルージ。

アラベスク（一七八頁）　イスラム美術の一様式。幾何学模様。

久女忌（一八一頁）　一月二一日。俳人杉田久女（一八九〇～一九四六）の忌日。美術教師だった夫の宇内は愛知県（旧西加茂郡小原村・現豊田市小原）の出身で、その屋敷跡に久女の句碑が残っている。

室の花（一八三頁）　春に咲く花を温室の中で促成栽培して咲かせたもの。シクラメンが代表的。

奥津城（一八七頁）　墓　墓所

猫間障子（一八七頁）　障子の一部にガラスをはめ込み、その部分に上下または左右に開閉できる小障子を組み込んだもの。

新年

大旦（一九四頁）　元日の朝
刧初（一九四頁）　この世界の創成されたはじめ。
初灯（はつともし）（一九八頁）　正月になって初めて各寺院や仏前で読経、その他のお勤めをすること。

※参照文献
角川学芸出版『合本俳句歳時記第四版』

あとがき

俳句の関係の席で「句歴はどのくらいですか」とよく訊かれる。その度に私は困惑し、「通算すれば十年……といったところでしょうか」と小声で答えるのが常である。

私には生来根気というものが欠けており、俳句に関しても、始めては止し再開してはまた止めのくり返しで、句歴とよべるほどのものはない。はずかしいことである。であるのに句集を上梓しようとは……。おこがましいことである。

きっかけはヤッカイな病気になったことだった。

一昨年の秋、未明に私は救急搬送され、そのまま入院となった。その間に親しくなったナースからは搬送時に死んでいてもおかしくなかったと明かされ、担当医からも、長々しい病名と難病である旨を告げられた。

幸い二人の子も独立し、幸か不幸か私には看取るべき親もない。あっけらかんとした想いで世に言う終活とやらを始めかけた頃、句集を出したらどうかと勧めてくださる方が何人かあって、出すより遺すの方向でつくることにしたのが、この拙い句集である。

寡作といえば聞こえもいいが、短い〝句歴〟も手伝って、なまけ者の私の作品なぞ当然多くはない。それでも自選となるとそれなりに大変で、何度も取捨選択をくり返し、やっとのことで三六七句を選び出した。

掲出句の中には高橋睦郎・寺井谷子・正木ゆう子・片山由美子・故倉田紘

文といった先生方の選を得たものもあるが、やけに大上段に構えたもの、ただ呟いただけのようなもの、さらには用語等の怪しげなものまである。けれどもそのどれもがその時々の私の足跡である以上、未熟・稚拙に目をつぶり、「遺す」の観点からそのままに収録することにした。

タイトルを『ん』としたのは、それが五十音の最後であり〝置き土産〟にふさわしいかと考えてのことである。

また、ＩＳＢＮ（国際標準図書番号）については、私家版とするのだから必要ないとする私と、万が一にも欲しいという人が現れた場合にはあった方が便利だとする出版社との間で幾度かの話し合いの末、結局付すことにしたものである。「欲しいという人」が一人でも現れてくだされば勿怪の幸いである。

最後に、いつも励ましてくださる所属結社「草の花」の名和未知男主宰と句友の皆さんは言うにおよばず、離婚直後の何も持たない私にパソコンをプレゼントしてくれた三浦由美子さん、装丁を手掛けてくれた兄、四季折々の吟行へと誘い出してくれた長男夫婦、また、常に体調を気遣い管理してくれた長女、そして、なかなか腰を上げげない私を辛抱強く待ってくださった風媒社の山口章さんに、心よりお礼を申し上げたい。

令和元年中秋

佐藤継穂

［著者略歴］
佐藤 継穂（さとう・つぐほ）
広告代理店・出版社勤務を経て、現在フリー校正者。
名古屋市中村区在住。

◎ブックデザイン／佐藤 正明

俳句に馴染みのない方にもご鑑賞いただけるよう、
新仮名遣いにてルビを付しました。

句集 ん

2019年12月14日 第1刷発行 （定価はカバーに表示してあります）

著 者 佐藤 継穂
発行者 山口 章

発行所 名古屋市中区大須1丁目16番29号
電話 052-218-7808 FAX052-218-7709
http://www.fubaisha.com/
風媒社《ふうばいしゃ》

乱丁・落丁本はお取り替えいたします。 ＊印刷・製本／モリモト印刷
ISBN978-4-8331-5369-0